詩集　くだもののにおいのする日

松井啓子

ゆめある舎

雨のまに草木が伸びて

詩集　くだもののにおいのする日　目次

装画　沙羅
装丁　大西隆介

くだもののにおいのする日

それではこれは何ですか

これはひとつのりんごです
それはわたしのものですか
遠縁のおじさんが　わたしに
買ってきてくれたものですか
りんごはわたしのものですか

いいえそれは違います
りんごはあなたのものではありません

それではあれは何ですか
もちろんそれもりんごです
りんごです　りんごです
りんごです
ここにはりんごしかありません

それではあなたは何ですか
もちろんわたしはりんごです
お皿もフォークもりんごです
あなたも　もうじきりんごです

これは　ひとつのりんごです

うしろで何か

ひとりでごはんを食べていると
うしろで何か落ちるでしょ
ふりむくと
また何か落ちるでしょ

ちょっと落ちて
どんどん落ちて
壁が落ちて　柱が落ちて

ひとりでに折り重なって
最後に　ゆっくり
ぜんたいが落ちるでしょ

手を洗っていると
膝が落ちて　肩が落ちて
なんだかするっとぬけるでしょ

ひとりでごはんを食べていると
うしろで何か落ちるでしょ

パート

パート
という種類の梨を
隣りのベッドでむいている
きのう子供を死産した女が
きょう梨を食べている

父親の果樹園からいまもいできたのだと
ちいさく夫が言っている

やっぱりうちのがいちばんだと
ひそひそ妻が言っている
同室の人びとにふるまうことを忘れて
むけばむくだけ女は食べ
残るひとつを見おさめて
男はバイクで帰っていく

夜　寝しずまった室内に　低く
果実のにおいが残っている

絵葉書

柴折戸をしめると
この庭は　いつも夕方です

鉛筆で描いた柵ですから
わりと器用に空が暗くもできるのです
前庭に植わったいっぽんの木から
しいなのしいの実が落ちてくると
顔をあげ　手をあわせて受けとめます

この柵のむこうが海原であるかくさはらであるかは
わたしもまだ知らされていないのです
わたくしは出かけないでしょう

わたくしは　裏庭の
子供のござに
ひとりのお茶に
よばれていますので

くだもののにおいのする日

下宿のおばさんは
暑いさかりに　日帰りで
京都に納骨に行くのだ　と言った

わたしは銭湯へ出かけ
髪を洗う女のひとの
長いながいしぐさを見ていた
まだ明るいうちの湯舟の色と

流れてたまる湯水を見ていた
夕立も長雨も
局地的な大雨も
小さい女の子の小さい局部も
長なすも丸なすも
ふたなりの動物も見たことがある

わたしは見知らぬ土地へ出かけ
バスの窓から
土樋　という地名を見ていた
列車の窓から
ここより新潟

という文字を見送ったことがある

にわかに雹が降り出して
なすや大ばこの葉が
つぎつぎに裂けていくのを
雨のまに草木が伸びて
はじめにあおいの花が咲き
つぎに除虫菊が咲き
それからクレオメの花が咲き
つぎつぎと夏の花が咲きついでいくのを
二階の窓から眺めていたことがある

わたしは銭湯へ出かけ
手を休めて
今朝の雷の意味と
誰かがわたしを
わたしが誰かを
どんな名前で呼びあっていたのだったかを
思い出しに行くのだ　と言った

雨期

はじめ　ひき出しの中に音がして
それからキチンに
それから居間に
ついには家全体に音がして
その国では
雨は家の中にふる

雨がふり始めると　人びとは

大急ぎで家を飛び出して
屋根をひとはけで真黄色に塗って
板壁をもうひとはけで真青に塗って
あとから　思い出したように赤く
ちいさい窓を塗っている
そのあとで　持ち出した大鍋で
きものを色とりどりに染めている

その国では雨期は
家の外でくらすのである
家の外側の原色をながめてくらすのである

湿った毛織物のにおいのする
雨後の子らが
家の中にはえそろうまで
人びとは
かわるがわる
赤いちいさい窓の中を
のぞいてくらす

雨はやがて小降りとなり
小さい居間に
それからキチンに
最後にひき出しの中にふりやむと

その国では
雨は家の外にふる
長くながくふりつづける

待っていてください

きょう　二百五十円でムシガレイを買って
村井さんというひとに会って　用がすんだら
出られます

朝一番で出ますから
蝶番を直したら　行けますから
郵便局によってから
お風呂に水をはってから

朝ごはん前に父さんと散歩に行き
タバコ屋の店先で母さんに手紙を書いて
酒屋に電話をいれ　その足で歯医者に行って
予約をとり　飛んで帰って黒板に伝言を書きこんで
最後に洗たくものをとりこんで
ハンケチでふきとって　すっかりしぼって
ふせておいて
ゴミを出し
子供を寝かせたら　行けますから
ほんとに　もう出ていますから

その先の飲み屋でひっかけて

そのいきおいで出かけます
世間話ですみますから
空になったら立ちますから
もう少しで行けますから

ほんとにもうすぐのことですけど待たないで
ひとあし　先に行ってください

せっかち

そんなに飲むな
と　彼らは言った
帰らなきゃならないだろうと
わたしには　きょうのうちに話すことがあり
たぶん　まだ何も話していなかった
なのに
その家の妻は背をむけて
黙って蠅をたたいている

主は夏椅子に腰かけて　犬の耳をなでている

そんなはなしはないだろうが
ぼくはポケットをからにした
ぼくは今から歌うのだ
きみたちは歌わないのか
きみたちはコップを投げないのか
その先のバス停から降りて来る人を待たないで
もうテーブルをたたむのか
もう勘定をすますのか
あした金を貸してくれても
今夜の借金にはまにあわない

先月生まれたきみの子はいつか首がすわる
きみらの女房はもううまくきみらを抱けるだろう
きみたちの腰巾は太くなった
きみたちは殴らないのか
きみたちは走らないのか
話がまとまる前に走らなくて
いつ走る
さっききみの妹は
暗い玄関の板の間で　女たらしに抱かれていた
猫のように泣いていた
それでも黙ってしまうというんだな

つりはいらぬ
きみのうちの浴衣は短い
きみのうちのつまみはまずいよ
おれは帰る

手紙を書いてください

肩紐を解いて
君の肩から装具をはずし
きみの伝説を剝がし名をはがし化粧を落とし　最後に
音のするほどしたたかにコルセットを落とせ
そのとき　野に立つ
痩身のきみの体軀《からだ》には　なぜ戦略が似合わなかったか
が　わかる
すみかにあかりをともし　ひとを呼び

しきたり通りのふるまいとして　すみやかに
とむらいをすませ
銀器をみがき　ドラを鳴らして終わりをつげ
草のスープを煮こみながら
ぼくに手紙を書いてください

昏れる

浴衣の柄が見えなくなり　風が止まる

きみが　いま話し始めるということが　縁側の
固いぼくらの位置では
はっきり知ることができるので　おーいビール
とも言わず
枝豆の皮をテーブルの上に並べているのである

きみを想うことが思いがけないのでなくて
虫の声がなれなれしいのでなくて
人びとの声がせわしないのでなくて
この夏はいやに寒い　のでも
なんでもない
ただ　夕暮に紛れて　こっそりと
きみのほおなど見ていることが　誰の目にも
こっけいなことであろうから
ぼくは立ち上がって電燈をともし
「きうりのぬかづけが食いてぇ」
というのである

とってきた話

裏のはたけできうりがなると
夏ですなあ
だまってかすめとってきた
茶のみ話はここだけのはなし

浴衣のおばあさん
今年は湯治にでかけますか
わたしも一緒でいいですか
惚れた男がいるのです

あした別れる男です
それでも
夏の終わりにはなるでしょう
山の湯治場に
今年もやっぱり行くでしょう

だまってかすめとってきた
花火も　一枚十円の煎餅も
駄菓子屋で盗ってきた
人の夫をとってきた
残念でした　ハズレです
いやな駄菓子屋です　飴しゃぶってみせた

ふり返ってみるでしょうか
さあ　やっぱりだまって盗るでしょう

話がとだえると
夏ですなあ　きうりのぬかづけがやはりいちばん
持って帰ってもいいですか
そっくりいただいていいんですか

だめでしょう　とてもとても　無理ですよ
流すほどの汗もないけど
一緒にひとふろいかがですか
おばあさん

誕生日

あの日は映画を見た
その前に　切符もぎのおばさんの手と顔
その前に　切符売りのおばさんの手と顔
その前に　切符切りのおじさんの手と顔
その前に　知らない人の靴裏を下から見た

あの日は映画を見た
バルドウが

ブリジット・バルドウの役をする映画を見た
『ぼくはブリジット・バルドウが好き』
という映画を見た

せんだって金魚売りを見た
少し歩いて
走ってもどって
金魚も見た

間違えて

とり違えて味わってしまったよ
具合悪くもう呑みこんでしまったよ

プリンをきみのスプーンで食べて
きみのいいわけを長くしゃぶって
間違えて呑みこんでしまったよ

いっそ裏返しに着て寝たよ

始めっから終わりまで
きみの夢に出ていたよ
ひざがひざからすべり落ちて
きみの夢からすべり落ちて
すっかり寝ちがえてしまったよ

きみの希望をとりよせて
こっそりその中で暮らしたよ
ポケットというよりも
なんだか湿っぽい袋だよ

シンメトリー

おじさんはむかし隣りの国に
大きな帽子工場を持っていて
おばさんはタンスの上に
いくつも帽子を持っていた

おじさんは自分では帽子をつくらず
おばさんはフェルトのきれはしで
ちいさい室内履きをいくつもつくった

おじさんの年はおばさんの年よりずっと多く
おじさんの子供の年ですらおばさんの年より多い

戦争が始まるとおじさんは工場をたたみ
おばさんは船に乗せられない着物までたたんだ

おじさんは死ぬ前に一度だけ飛行機で飛んで
工場のあとを見に行き
おばさんは今よその国に何度でも行く

おばさんは自腹を切って姪たちを温泉に連れていき

腹をいためなかった子供や孫とも一緒にお風呂に入る
おばさんの一度も子供のものではなかった胸に
紅いぐみの実がふたつある

夜　あそぶ

日暮れの庭で
母子が白く動いている
なにか　している

額をよせて
あちこち地面を指でなすっている
わたしには見えないものを
しらべたり

運んだり並べたりしている
けさ　四階の窓から
わたしは洗濯バサミをとり落とした
一緒になにか
あっと落とした　その
下の方で
今は
木琴の音がしている
のぞきこむと　暗い庭に
母と子の姿はもう見えない

深いところへ
もっといいものをさがしに
二人で降りて行ったのだ

ねむりねこと

こうした長雨の頃には　きっと
あなたはうつむいて
ねこをてもとに置いている
ゆうべの雨も
おとといの雨ももう
とおに手の届かないところに流れて行って
きょうのねこは
くつしたをはいた足音で

あなたの　むねの
細長い木の階段を降りてきていた
いまは　いっさいのにおいもかたちも
よそにおいて
ほんのまるい気持だけをあなたにあずけて
ねこは浅いねむりをねむる

てのひらをやわらかくして
ねこの背中のまるみをつくり　ゆびの先で
そのかたさ　やわらかさをたどり
たえまなくことばを降らし始めると
あなたはねこのぬくみになり

浅いねこのねむりをねむる

ときおり　あなたか
ねこかの
いずれかがめざめても
鳴くこともせずに
ねむりの薄い戸口に
ただねこはいて
もうあなたは
ちいさいねこの頭になり
ねこの浅いねむりをねむり続けた

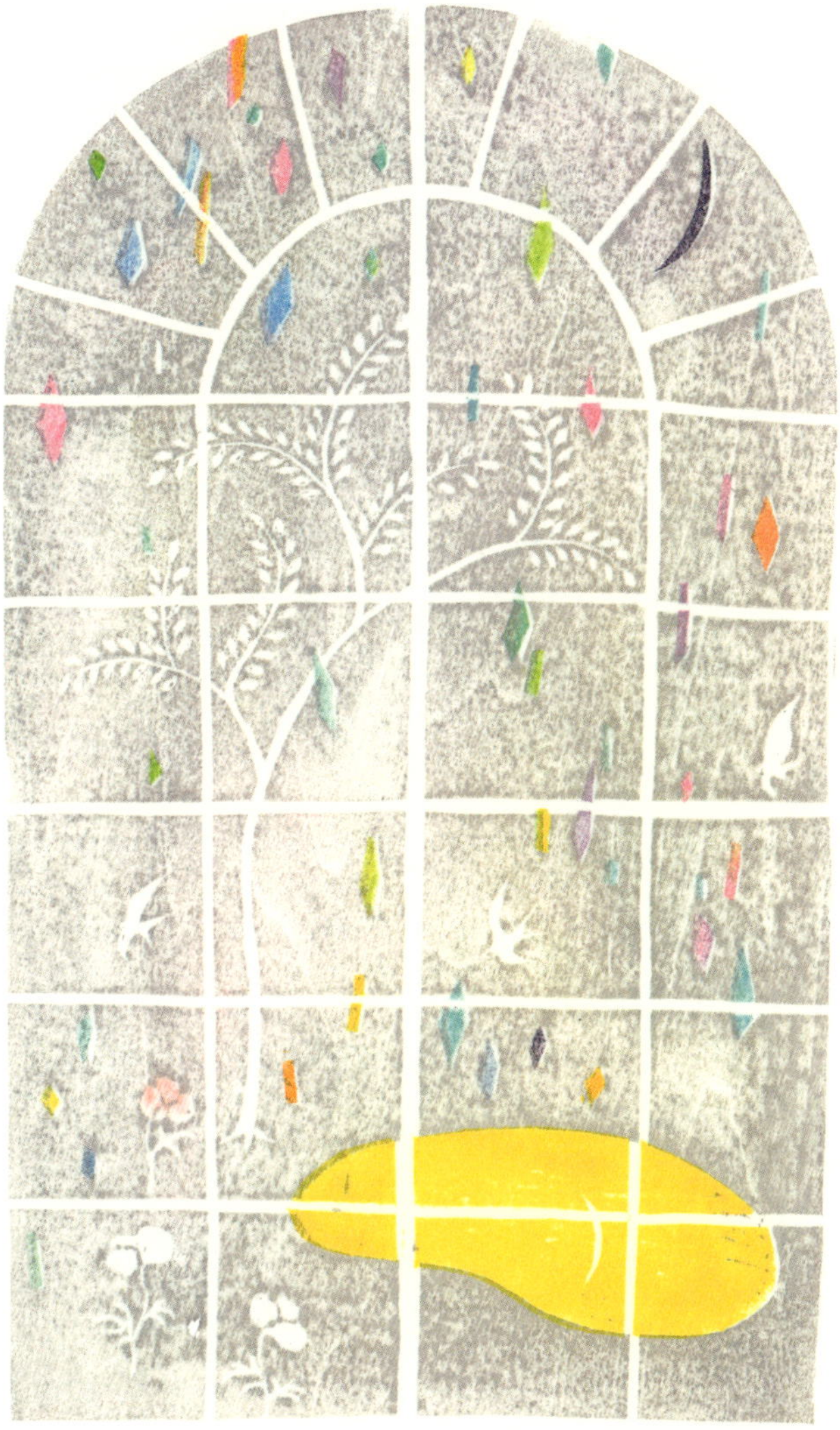

かみぶくろ

ゆすりあげて
腕の中の
不安なかたちを整える

その中ほどに
ひとつは水の音をつくって
うすい紙のふちを落ち
底におさまるもののすべてを
わたくしだけがそらで言える

ちいさいふくろのふくらみのへり
ささえきれるだけの重さを
胸高にかかえこむと
中身のどのひとつも
生きものになれもせずに
帰り道をひとしく揺れた

長い坂道をのぼりつめると
また立ち止まり
ゆすりあげて
きつくたばねられたねぎの
その青いところを抱きしめるのだ

冬瓜

きょうは思いきって
とうがん
というものを煮てみる

うりでも
かぼちゃでもない
飾り窓もない　ばかでかい野菜
部屋に背をむけて

薄く切りきざんで
とろ火で煮こむ

一人や二人では食べきれぬものが
もう鍋ぶたを持ちあげていて
それなら　あれはどこへ行ったか
いつかの薄暗い台所の土間に
ごろごろところがされてあった
あのいくつもの冬瓜は

かたくりを入れて
とろりとする間に

立ったままで牛乳を飲むと
夕刻は
西日のように
少しずつ奥の方まで届いてきて
結んだねこの首輪のように　足もとで
ほろっとほどけた

箱

まちがい電話のように、近づくと鳴りやむ箱がある。お茶箱や釘箱、薬箱や郵便受け、下駄箱から箸箱まで、カレンダーの余白のような見えない箱を捜しながら、私はあらゆる紙蓋をめくっている。

遠い部屋。五月二十一日という表札のかかった部屋がある。五月の中空に、その部屋はつるされてある。そこに、ついに生まれてこない私の一人娘が、たった一人でくらしている。おとなしく育っているのだ。誰が教えなくても、一人でボタンをとめたりはずしたりしている。いたいけな手でごはんを炊き、白いねまきを洗ったり干したりしている。ずぶぬれのまま、高い物干し台につるしている。五月晴れの日にも不意に私の額を打つ雨つぶ。その度毎に、私は私の娘の生きている仕草を思うのだ。

いつかお風呂の窓から見た月のように、道端でついに見つけたあき箱を、私は手もとに置いている。箱をひとつ育てている。私の母がかつて私にそうしたように、できる限り厳しく美しくしつけている。

夢

いつからか私の夢の世界は、倒された円筒のかたちをしている。子供の糸電話のようなねむりの奥ふかく、木造の小学校の校舎、ひとけのない駅、渡り廊下や遮断機、郵便局の建物、自転車や百葉箱が、まばらに置かれてあるだけの、鼓膜のような薄らあかりの内部に、私はいつもすわっていた。

はじめての夫と、それぞれの夢のかたちについて、ひと晩中話しあったことがある。彼にとって、それはたとえば蝶番やコルクの栓、虫かごのような色つやとかたちをしているという。しかも、木箱の中から機関車をとり出して眺めるように、自在に選ぶこともできるというのだった。ことに、どこから見ても平行四辺形をなす鳶色のものが好きで、これまでにもう幾晩もひとり見続けたというのだった。

そのあけ方、いつしか眠ってしまった私は、耳の中の昆虫のような赤い火のともる電車を追って、せまい坑道の中を走っていった。遠く遠く走りぬけて、ぽっかりあいた夢の出口に、忘れられ立てかけてある黒い雨傘のように、私は見知らぬひとに出会った。

その日から、私はついぞあの夫とは会っていない。私はひとりのひとと二夜交わることがない。陽が昇るたびに、どこかの村はずれのような道端で私は目覚め、くり返しはえそろう草のようにくり返し、花嫁になることだけが決まっている。

きみはふるさとを見せると言った

その村を通りすぎたことがある　シャガという花ばかりが繁殖し　地上を這い　道という道を塞ぐ　むかし寺のあったあたり　雌雄二本の樹木が立ち　枝先をどの部分でも交えながら実を落とし　生え始めたばかりの双葉ですら季節には黄変した　朝焼けの日の夕方には紫色の煙が流れ　夕焼けの日にはどこからともなく竹箒の音がして　三日風が吹くと四日目にはきまって雨が降る　というといとなみの下にただ捨て置かれ　声を限りに名前を呼

ぶと暗やみから　それはあたしそれはあたしと幽かな風
の音で言うような

その村を通りすぎたことがある　低い軒下に　さらし飴
を売る店と羽二重餅を売る店が　交互にくり返しくり返
しうち続き　小さな貨幣を受け取る時のほかに商うひと
は顔をあげない　家並みが切れるとそのむこうに　梨と
桃の二種類の果樹だけが植えられて　固く閉ざされた家
家の外には人の姿も声もなく　四方を山で囲まれた村ぜ
んたいに　日がな一日蚕を煮るけもののにおいがただよ
って　声を限りに名前を呼ぶと低く湿った谷底から　そ
れはあたしそれはあたしと遠い手機の音で言うような

その村を通りすぎたことがある　花嫁は青いものをひとつ　借りたものをひとつ　新しいものをひとつ　衣裳箱の中から取り出して身につけるというのでなく　割礼も婚礼も葬式もなく　ただ広場に立つ樫の木の先端に　わずかに周期を狂わせながら三日月がかかると　石でできたものをひとつ　木でできたものをひとつ　退化したものをひとつ　体の中から取り出して　戸口にひとつ　軒下にひとつ　門前にひとつ吊り下げて身を隠し　声を限りに名前を呼ぶとくぐもって　それはあたしそれはあたしと木箱の中から言うような

その村を通りすぎたことがある　大きな河が土地を流れ
ひとびとは土手をつくって水をふせぎ　また水をひいて
稲田というものをつくっている　まばらに置かれた家々
の　百日紅の生け垣のむこうに髪の長いひとびとがうず
くまり　穀物を打ちまた選りわけて　呼びかけると一様
に黄色い顔をふりむけて口をあけ　のどの奥にいちども
使われたことのないおとことおんなの両の性器が赤くち
いさくはりついて　声を限りに名前を呼ぶとくちぐちに
それはあたしそれはあたしと老婆の声で言うような

その村を通りすぎたことがある　はるとなつとの短いあ
わい　そこだけ明るい草の野に　ひとりのおんながすわ

っている　すいば　からすのえんどう　いらくさ　のむこうに一本の桐の木が立っている緑一色の絵　絵の中のきみ　それをきみがほどいている　すこしずつ指に巻きつけている　草に染まった指も手もわたしのことも　めくらのきみには見えはしない　きみはわたしを覚えていない　朝も夜も知らぬげにつゆできものをしめらせて声を限りに名前を呼ぶと絵の中の遠いきみが　それはあたしそれはあたしといつかの声で言うような

捨てる

つみきの箱から飛び出すと　あとからあとから鉛の兵隊
が腹がけを持って追いかけてくるほどに指に足りない
たりないことをそれぞれのくにでなんとかというのであ
ろう　おばあさんはあきらめているので雷にはならず
おじいさんは下戸なので虎にはならない　ただちいさい
なりに玄関ぐらいは掃かせられた　ちいさい坂をひとり
で駆けあがったり駆け降りたりするばかばかしい遊びが
好きであった　秋になって裏庭に柿の実がなると　ひと

り子なのでいくつ食べてもいいのだった　ただ渋いものは吐き出して捨てた

ときおり高い枝にすわっておとなびた目つきで遠くを見ている　それをおばあさんがときおり見ている　そうかもしれない　そうかもしれないなら親せきかどこかでこれこれはまたこんなのではと見つくろって嫁をとってやらねばならない　それでもお碗はちゃぶ台のふちで欠いてしまうしひとり子の常ではしも満足に持てなかった
都でならもの好きも多いと聞いているから　だめでもともとならやってみようではないか　のぞみはとおの昔に捨てていた

せかされて出かけてみると　姫君は鬼の婿殿とにこにこ
ごはんを食べている　膝もくずしているのでもうずい分
長く連れ添っているのであろう　うちでのこづちという
ものもどこを捜しても売っていない　都は台風が来ると
いうので早じまいであるから　雨戸をどたばた打ちつけ
ている大おとこは女子供のいうことにいちいち耳を貸す
はずもない　うちでのこづちがないならせめて残りもの
でもありはしないかしらん梨の実でもと　つりだなを捜
すとのせてあった木づちで左あしをつぶしてしまった

諧謔の道は胸はずむくだり坂だが　すぐに終わってしま
うであろう　擬人の家の柿の実はたとえなっていても

自分の家のものでなければ渋柿と甘柿のみわけもつかない　今から帰ってもおじいさんもおばあさんも死んでしまっていないであろう　じっとしていても仕方がないので上くちびるにたまってくる水をためいくども受けとめて池をつくり　見よう見まねで舟をつくった　めずらしいほどにちいさくてかわいらしいというので飛ぶように売れれば　まがりなりにもなりわいであった　子供の頃のきものは小さく裂いて河に捨てた

はたらきがあるというので聞いてきたのであろう　自分のくにとは反対側のくにから　身丈もつりあい髪もほどほどにととのえたひとがやってきて　とるものもとりあ

えずその日のうちに結婚し　都ではこのやり方だといわれるすみかもつくり窓もひとつはつくり　風呂までは手が出ないのでもらい湯をして最後にはいって残り湯を捨てた

それでもひと並みにちいさいおんなが産気づいて　こんなにちいさいひとの足のあいだからこんなにちいさいものが出てきて　うじゃうじゃしてきもちが悪いし何であるかも知らない　おんなはそのままひょいとつまんで捨ててしまった　あまりにむごい　ひとでありながら子供というものも知らず　そのうえ捨ててしまうとはあんまりな　あんまりなおんなであると思い　つれのおんなも

捨ててしまった

それからあのちいさい子はどこに行ったのであろう　ちいさいあの子はどこへ行くと言っていたか　どこに行ってもあの子はいない　いないあの子を思い出すひともいない　からだがちいさいので見えないだけかもしれないそれでもから咳や手仕事のあいまにひとはひょいと思い出すこともあったのかもしれないが　いつの間にか忘れ去られていったものであろう　すこしのあいだ書きとめておかれたものもいつの間にか捨てさられてしまったのであろう

あとがき

大きな河をいくつも横切って北の方にゆき、そこで数年くらしたことがあった。そこからは中央の山脈がよく見えた。ひとびとは山の際まで果樹を植え、米や野菜のほかに、りんごや梨、ぶどうや桃などをつくっている。

くだものをもぎ始めるすこし前、夏も終わりの頃になると、毎年湯治場へ出かける。なかには、子供を授けるといわれてきた湯治場もあって、それでも、湯の中に沈んでいるのは、すっかり産みあげたいくつもの腰と、薄くつぶれた胸ばかり。あたしゃそのたんびにできて困った　という意味らしい土地のことばと、むかしおんなであったひとのつややかな笑い声がした。ひとびとは、日に一度か二度、持ってきた米をたき、炭火をおこして干し魚を焼いたり野菜を煮たりして食べる。また、薬にするのだといって、ゲンノショウコや山あざみをとってきて軒下に干したりしている。

私は一週間あまりそこにいて、湯の中にはほとんど入らず、湯治場の炭倉の前のつめたい石垣の上にすわって、山下の駅舎やその背後の切りとられた山肌、四方の山なみをぼんやりながめてくらした。それから持ってきた画用紙と鉛筆で、草や木を何枚も描いた。

*

これまで書いてきたものを、このような詩集に仕上げてくださった秋元潔氏に感謝します。

一九八〇年五月　　松井啓子

新版のためのあとがき

妙法寺参道には、銭湯が少なくとも四つある。それをこの夏初めて知った。

青梅街道から鍋屋横丁へ入り十貫坂上から西へ、夕方の道を歩いた日、湯屋の明かりをいくつも見かけたのだ。おもしろい、珍しい、不思議だと思い、会う人ごとに話したが、誰も少しも関心を示さない。

それならばとまず「旭湯」へ出かけお湯に入ると、見知らぬおばあさん二人に「こんにちは」とあいさつされ、私もきちんとあいさつする。

次の日「桜湯」に行くと定休日で、坂道を下って「大和湯」へ行くと、入り口ですぐに話しかけられる。

「あちらが休みだとみなさんこちらに来ますね」。私は「はい」と返事をする。

「雨が降りそうなので早めに来ました」。

私は「そうですね」とあいづちを打つ。

「ここに落ちている靴下はあなたのですか」と脱衣場でも問いかけられ、「いいえ違います。それは私のものではありません」と、はきはきと答える。

どうしてだろう。お風呂では知らない人にも人見知りせずすらすら話せ、自分を、明るく礼儀正しい人のように感じる。又、もしあの世というものがあるとしたら、銭湯のようなところではないかと思うのだ。

あらためて別の日、「桜湯」に入ってみて、入湯回数券というものがあると知ったが、私は買わない。商店街でナスやミョウガなどの野菜を買って帰った。

皆既月食の日は、残る東の「大黒湯」に入ろうと出かけたが、満月がたいそう大きく美しかったので、お風呂には入らず、月を眺めながら歩いた。

もうずい分前に出した詩集を、思いがけず新しく生まれかわらせてくださったゆめある舎の谷川恵さんにとても感謝しています。美しい装画でふくよかに明るくしてくださった沙羅さん、装丁してくださった大西隆介さん、又、出版に際して御尽力いただいた藤井一乃さんに、心より御礼申しあげます。

二〇一四年十一月　　松井啓子

本書は、一九八〇年五月二十一日駒込書房より刊行された。
新しい装画と装丁で、三四年ぶりの新装復刊となる。

松井啓子（まついけいこ）
一九四八年 富山県生まれ
『風狂』『クレオメ』同人
「くだもののにおいのする日」（一九八〇年 駒込書房）
「のどを猫でいっぱいにして」（一九八三年 思潮社）
「順風満帆」（一九八七年 思潮社）

くだもののにおいのする日　松井啓子詩集

発行　二〇一四年十二月二十五日（第一刷）

著者　松井啓子
装画　沙羅
装丁　大西隆介（direction Q）
発行人　谷川恵
発行所　ゆめある舎
一六六―〇〇一五　東京都杉並区成田東四―一六―六
www.yumearusha.com　megumisan@yumearusha.com
印刷所　山田写真製版所
製本所　美篶堂
協力　藤井一乃
　ISBN 978-4-9907084-1-2